RUCKA
LARK
ARCAS

LAZARUS

UM

DEVIR

DEVIR

EDITORIAL
Diretor Editorial Rui Santos
Coordenador Editorial Paulo Roberto Silva Jr.
Editor Sênior Leandro Luigi Del Manto
Editor-Assistente Marcelo Salomão
Tradutor Kleber de Sousa
Letrista Ana Lopes
Revisor Marquito Maia

ATENDIMENTO
Assessoria de Imprensa Maria Luzia Kemen Candalaft
imprensa@devir.com.br / SAC sac@devir.com.br

Rua Teodureto Souto, 624 – Cambuci
CEP 01539-000 – São Paulo – SP
Telefone (11) 2127 8787 – Site www.devir.com.br

Data desta edição: Abril de 2018

Publicado originalmente em *Lazarus* 1-4 pela Image Comics (2013)

ISBN: 978-85-7532-681-7 (brochura)
ISBN: 978-85-7532-682-4 (capa dura)

Dados Internacionais de Catalogação na Publicação
(CIP) (Câmara Brasileira do Livro, SP, Brasil)

Rucka, Greg
Lazarus : volume um / roteiro Greg Rucka ; arte Michael Lark, Santi Arcas ; [tradução Kleber de Sousa]. – São Paulo : Devir Livraria, 2017.

Título original: Lazarus : number one
ISBN: 978-85-7532-681-7 (brochura)
ISBN: 978-85-7532-682-4 (capa dura)

1. Histórias em quadrinhos I. Lark, Michael. II. Arcas, Santi. III. Título.

17-09338 CDD-741.5

Índices para catálogo sistemático:
1. Histórias em quadrinhos 741.5

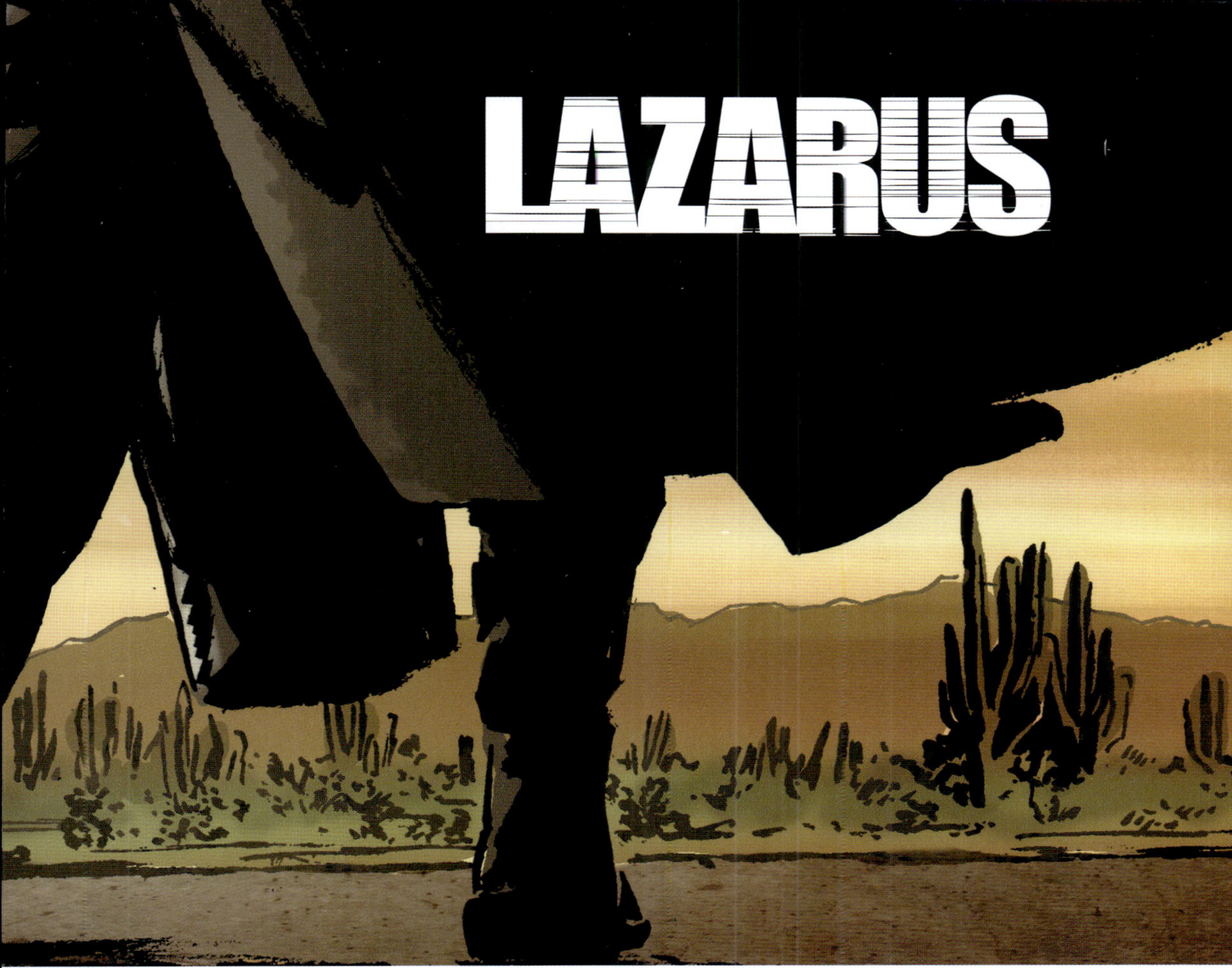

volume um

Família

roteiro GREG RUCKA

arte MICHAEL LARK

com STEFANO GAUDIANO & BRIAN LEVEL

cores SANTI ARCAS

capa MICHAEL LARK

FAMÍLIA
CAPÍTULO UM

"SEGUE O CATÁLOGO DE *FERIMENTOS:*"
"PROJÉTIL UM: COM ENTRADA ABDOMINAL E SAÍDA DORSAL, PASSANDO PELO OITAVO DISCO INTERVERTEBRAL EM TRAJETÓRIA ASCENDENTE..."
"...A MUNIÇÃO SE *FRAGMENTOU,* COM FRATURAS MÚLTIPLAS DA COSTELA NO PONTO DE ENTRADA."
"A MUNIÇÃO SAIU PELO DORSO DIREITO ATRAVÉS DO QUARTO DISCO INTERVERTEBRAL."
"PROJETÉIS DOIS E TRÊS SEGUIRAM UMA TRAJETÓRIA SIMILAR..."
"...COM O SEGUNDO PERFURANDO O *PULMÃO* DIREITO E O TERCEIRO COM PENETRAÇÃO INTRACLAVICULAR COM SAÍDA ESCAPULAR CORRESPONDENTE."
"RESULTADO: CHOQUE HIPOVOLÊMICO COM COLAPSO RESPIRATÓRIO CORRESPONDENTE EM DECORRÊNCIA DA DIMINUIÇÃO DA FUNÇÃO PULMONAR E CIRCULAÇÃO INADEQUADA..."

"...OU, DE ACORDO COM A TELEMETRIA, INCONSCIENTE E *MORRENDO.*"

"AGORA, A QUESTÃO:"
"QUANTO TEMPO VOCÊ FICOU DESACORDADA?"
"NÃO... TENHO CERTEZA..."
"...UM MINUTO?"
"TALVEZ DOIS?"

"EU FICO DESORIENTADA, VOCÊ SABE DISSO..."
"...E DÓI..."
"...DEUS, MAS ISTO SEMPRE DÓI..."
"...É COMO SE EU NÃO ESTIVESSE DENTRO DE MIM QUANDO ACONTECE. É COMO SE EU ESTIVESSE DO LADO DE FORA, OLHANDO ATRAVÉS DE UM VIDRO..."
"INTERESSANTE. POSSIVELMENTE, UM RESULTADO DA DESCARGA DE ENDORFINA INTERAGINDO COM A ATIVAÇÃO DO MODO LUTE-OU-FUJA DO SPI*."
"CERTO. O QUE ACONTECEU DEPOIS?"
"VOCÊ SABE O QUE ACONTECEU DEPOIS, JAMES."
(*) SISTEMA DE PREVENÇÃO DE INTRUSOS.
"EU QUERO ESCUTAR DE VOCÊ, EVE..."
"...ESTOU PERGUNTANDO O QUE VOCÊ FEZ, O QUE SENTIU."
"EU... NÃO GOSTO DE FALAR SOBRE ISSO. NÃO QUERO FALAR SOBRE ISSO..."
"POR FAVOR, JAMES... NÃO ME OBRIGUE A FALAR SOBRE ISSO."
"RECEIO QUE NÃO SEJA UMA QUESTÃO DE ESCOLHA."
"EU PRECISO SABER."

"...EVE..."
"... SUA FAMÍLIA PRECISA SABER."

"EU OS MATEI, JAMES."

"MATEI TODOS OS TRÊS..."

...ELES SÓ QUERIAM ALGO PARA COMER.
A FAMÍLIA FORNECE COMIDA PARA TODOS OS CIDADÃOS, COMO VOCÊ SABE.
SE FOREM MORADORES DOCUMENTADOS DO DOMÍNIO, ELES RECEBEM O SUBSÍDIO.
ELES INVADIRAM UMA RESIDÊNCIA DA FAMÍLIA, FOREVER. DESOCUPADA, SIM, MAS PROPRIEDADE DA FAMÍLIA.
ESCOLHERAM UM LOCAL COM POUCA SEGURANÇA, VIERAM ARMADOS E AINDA TENTARAM TE MATAR.
JÁ IMAGINOU O QUE TERIA ACONTECIDO SE ALGUÉM ALÉM DE VOCÊ OS ENCONTRASSE?
SE TIVESSEM ACHADO SEUS IRMÃOS?
OU, DEUS NOS LIVRE, SEUS PAIS?
TIVEMOS SORTE DE TER SIDO VOCÊ.
TALVEZ.

PODE VESTIR SUA CAMISA.
JAMES?
HUM?
SERÁ QUE TODOS SE SENTEM DESSA MANEIRA?
QUANDO TÊM QUE MATAR ALGUÉM, SABE?
DIGO, ISSO É NORMAL, CERTO?
ME SENTIR ASSIM?
NÃO, EVE. ELES NÃO FICAM ASSIM.
MAS NÃO SE PREOCUPE, VOU TE DAR ALGO QUE PODE AJUDAR.
PRECISAMOS DAR CONTINUIDADE À TERAPIA DE PLAQUETAS ASSIM QUE VOCÊ E JONAH TERMINAREM EM COLHEITA UM.
DEPOIS DISSO EU TE DOU ALGUMA COISA, OK?
VOCÊ NÃO VAI CONTAR PARA ELES O QUE CONVERSAMOS, JAMES?
NEM PARA O PAPAI, NEM O JONAH... NINGUÉM?
É CLARO QUE NÃO.
EU JAMAIS TRAIRIA A SUA CONFIANÇA, PODE ACREDITAR.

Califórnia Central -
Vale de San Joaquin
Instalação: Colheita Um
Família: Carlyle
População [Família]:
Dois (temporários)
População [Servos]: 512
...FISICAMENTE, ELA ESTÁ BEM. A RECUPERAÇÃO FOI COMPLETA, DE ACORDO COM O PROJETO...
É O ESTADO EMOCIONAL DELA QUE ME PREOCUPA...
População [Refugos]:
32.500 (estimada)
...ELA ESTÁ FAZENDO ALGUMAS PERGUNTAS PROBLEMÁTICAS.
DE NOVO?!
VOCÊ DEVERIA CUIDAR DISSO, JAMES.
ESTOU INCLUINDO OUTRA DOSE EXTRA DE OCITOCINA COM O TRATAMENTO SANGUÍNEO...
...MAS ELE PRECISA SER REFORÇADO DESTA VEZ, JONAH.
NÃO VAI FUNCIONAR SE NÃO TIVER NINGUÉM PARA ELA SE CONECTAR.
QUE MOSTRE UM POUCO DE AMOR A ELA, VOCÊ QUER DIZER.
EXATAMENTE.

SENHOR, SUA IRMÃ CHEGOU.
OBRI-GADO.
NÃO HÁ TEMPO MELHOR QUE O PRESENTE.
FAREI A MINHA PARTE. E VOCÊ, CERTIFIQUE-SE DE QUE A DOSE EXTRA DÊ RESULTADO...
"...NÃO A QUEREMOS IMAGINANDO COISAS."
CARLYLE
ODERINT DUM METUANT
FOREVER!

FIQUEI SABENDO O QUE ACONTECEU NA CASA DE HÓSPEDES.
GRAÇAS A DEUS ESTÁ TUDO BEM COM VOCÊ!
ESTOU BEM. SINTO MUITO PELO ATRASO, JONAH...
...TIVE QUE IR ATÉ SEQUOIA PARA O TRATAMENTO COM JAMES.
TENTEI DIZER QUE VOCÊ PRECISAVA DE MIM AQUI...
SHH, FOREVER, SHH, PARE COM ISSO...
...ESTOU FELIZ POR VOCÊ ESTAR BEM.
TEM CERTEZA DE QUE ESTÁ PRONTA PARA ISTO?
EU VOU AONDE A FAMÍLIA PRECISA DE MIM.
ESSA É A MINHA IRMÃ.

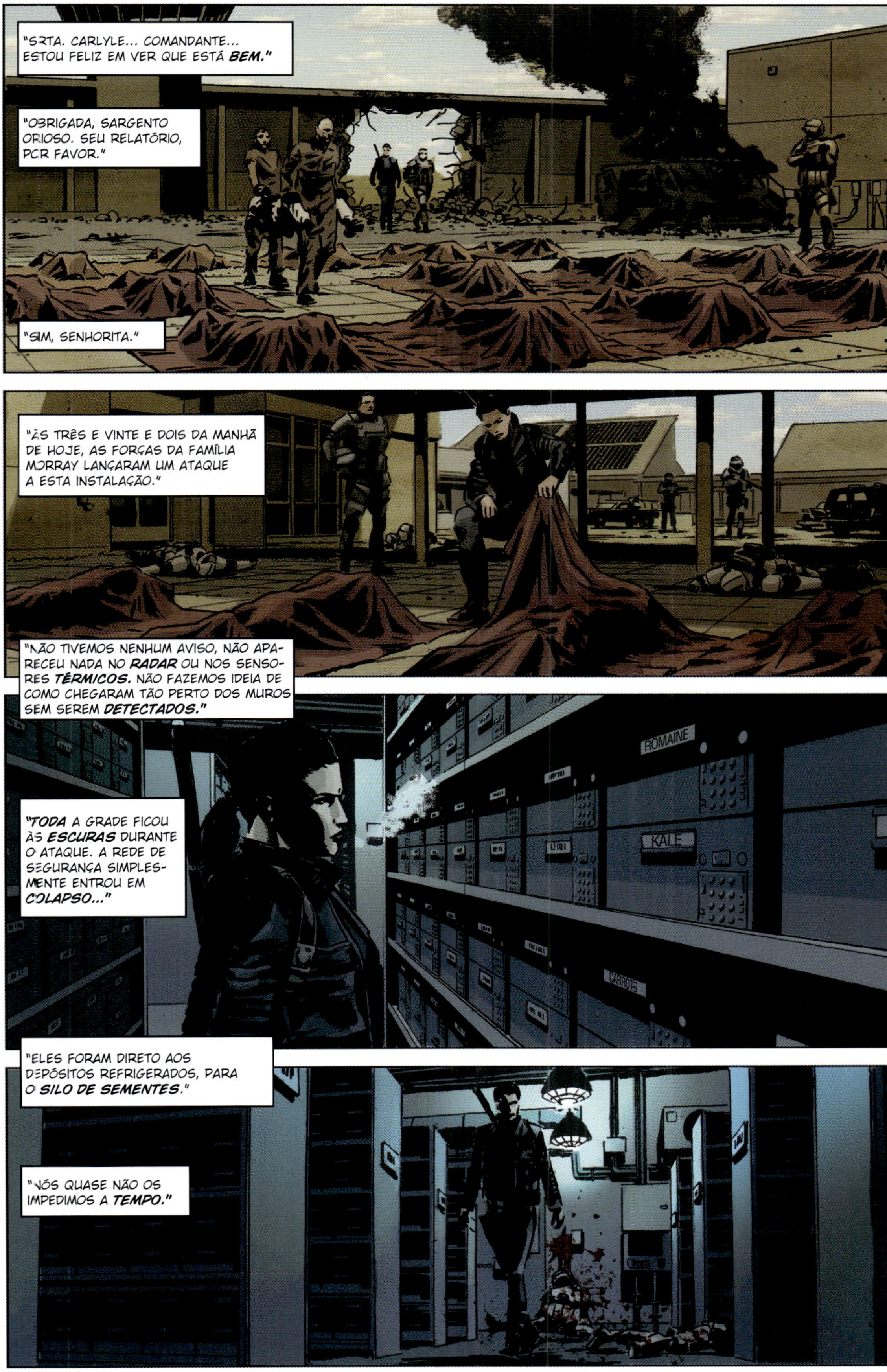
"SRTA. CARLYLE... COMANDANTE... ESTOU FELIZ EM VER QUE ESTÁ BEM."
"OBRIGADA, SARGENTO ORIOSO. SEU RELATÓRIO, POR FAVOR."
"SIM, SENHORITA."
"ÀS TRÊS E VINTE E DOIS DA MANHÃ DE HOJE, AS FORÇAS DA FAMÍLIA MORRAY LANÇARAM UM ATAQUE A ESTA INSTALAÇÃO."
"NÃO TIVEMOS NENHUM AVISO, NÃO APARECEU NADA NO RADAR OU NOS SENSORES TÉRMICOS. NÃO FAZEMOS IDEIA DE COMO CHEGARAM TÃO PERTO DOS MUROS SEM SEREM DETECTADOS."
ROMAINE
"TODA A GRADE FICOU ÀS ESCURAS DURANTE O ATAQUE. A REDE DE SEGURANÇA SIMPLESMENTE ENTROU EM COLAPSO..."
KALE
CARROTS
"ELES FORAM DIRETO AOS DEPÓSITOS REFRIGERADOS, PARA O SILO DE SEMENTES."
"NÓS QUASE NÃO OS IMPEDIMOS A TEMPO."

RODARAM OS DIAGNÓSTICOS?
ASSIM QUE FOI POSSÍVEL, SENHORITA.
NÃO HÁ NENHUM SINAL DE PROBLEMA NO SISTEMA.
O QUE SIGNIFICA QUE ELE FOI DESLIGADO. NÃO SABOTADO OU INVADIDO.
E QUER DIZER QUE NÓS FOMOS TRAÍDOS.
VOCÊ ESTÁ SE PRECIPITANDO, JONAH.
PERDOE-ME POR PERGUNTAR, MAS SOUBEMOS O QUE ACONTECEU...
...A SRTA. ACHA QUE O ATAQUE...
NÃO ACHO. EU FUI ATACADA POR REFUGOS, NÃO POR SOLDADOS.
TEMOS CERTEZA DE QUE FORAM OS MORRAY?
NÓS DEIXAMOS UM VIVO.
QUERO FALAR COM ELE.
NA VERDADE, ELA. E VOCÊ NÃO PODE.
ELA NÃO SOBREVIVEU AO INTERROGATÓRIO.

ELES VIERAM ATRÁS DOS GRÃOS, FOREVER. E PRATICAMENTE ENTRARAM PELA PORTA.
UMA PORTA ABERTA PARA ELES, POR UM DOS NOSSOS.
AS ÚNICAS PESSOAS QUE PODERIAM TER ABERTO O SILO SÃO DA EQUIPE TÉCNICA SÊNIOR.
OU UM DE NÓS.
VOCÊ ESTÁ ACUSANDO ALGUÉM DA NOSSA FAMÍLIA?
CLARO QUE NÃO! SÓ NÃO QUERO TIRAR NENHUMA CONCLUSÃO PRECIPITADA...
NÓS FOMOS TRAÍDOS, FOREVER!
E VOCÊ SABE O QUE PAPAI EXIGIRIA SE ELE ESTIVESSE AQUI.
TEMOS QUE MANDAR UMA MENSAGEM.
OS SEUS SOLDADOS MORRERAM AQUI.
VOCÊ SABE O QUE DEVE FAZER. SABE O QUE SE ESPERA DE VOCÊ.
SARGENTO ORIOSO, POR FAVOR, REÚNA A EQUIPE TÉCNICA SÊNIOR NO PÁTIO...

"...E TRAGA AS FAMÍLIAS DELES TAMBÉM."
TODOS PRESENTES E CONTADOS, SENHORITA.
OBRIGADA, SARGENTO.
EU PEÇO QUE TODOS ME OUÇAM COM ATENÇÃO.
DIANTE DO ATAQUE DA NOITE PASSADA, NÓS... CONCLUÍMOS QUE ALGUÉM DE DENTRO DA INSTALAÇÃO ESTAVA EM CONLUIO COM AS TROPAS DOS MORRAY.
ALGUÉM QUE TINHA ACESSO PARA DESLIGAR A SEGURANÇA DOS SILOS REFRIGE-RADOS.
UM DE VOCÊS.
A POLÍTICA DO MEU PAI EM RELAÇÃO ÀS TRAI-ÇÕES É RIGOROSA, COMO JÁ SABEM.
ELE EXIGE QUE UM EXEMPLO SEJA DADO.
UMA CONFISSÃO POUPARÁ SUAS FAMÍLIAS E SEUS COLEGAS.
MAS, CASO NINGUÉM SE RESPONSABILIZE POR ESTE... ATO DE TRAIÇÃO...
...NÃO TEREI ESCOLHA ALÉM DE EXECUTAR TO-DOS VOCÊS PARA QUE ISSO SIRVA DE AVISO AOS DEMAIS.

ÓTIMO. SARGENTO, COLOQUE-OS EM FILA...
ESPERE.
POR FAVOR.
EU...
...EU FIZ AQUILO... FUI **EU.**
PAI, **NÃO...**
FIQUE **QUIETA,** CADY.
DEIXE QUE AS COISAS SIGAM SEU RUMO.

FUI EU, ENTENDEU? FUI EU.
FEZ A COISA CERTA AO SE REVELAR.
FOREVER...
...VOCÊ JÁ SABE O QUE FAZER.
UM TIRO NA NUCA, EU ACHO...
RÁPIDO E INDOLOR. É O QUE DIZEM.
SINTO MUITO, MAS NÃO É.
TENHO UM POUCO DE EXPERIÊNCIA NISSO.

ENTÃO, É VERDADE O QUE DIZEM SOBRE VOCÊ? FOREVER CARLYLE? A LAZARUS?
SE FOR, SUPONHO QUE VOCÊ DEVA SABER.
ACHO QUE O SENHOR ESTÁ MENTINDO.
ISSO IMPORTA?
CLARO QUE SIM! IMPORTA SE VOCÊ FOR INOCENTE! IMPORTA SE AINDA HOUVER UM TRAIDOR EM NOSSA CASA!
POR QUE JOGARIA FORA SUA VIDA?
VOCÊ, SEU IRMÃO, SEU GRUPO, TODOS FALAM MUITO SOBRE FAMÍLIA.
SE ESSA PALAVRA SIGNIFI-CASSE ALGO PARA VOCÊ, JÁ SABERIA A RESPOSTA.
SUA FILHA...
VOU DIZER A ELA QUE VOCÊ A AMA.
ACREDITE EM MIM, SRTA. CARLYLE...
ELA SABE.

LÁ VAI, PRONTO...
...VOCÊ VAI SENTIR UM FORMIGAMENTO POR MAIS UMA HORA, MAS NÃO SE PREOCUPE.
FIQUEI SABENDO DO... PROBLEMA NA COLHEITA UM.
FEZ O QUE ERA PRECISO PARA A FAMÍLIA. VOCÊ SABE DISSO, É CLARO.
MAS, DEPOIS DA NOSSA CONVERSA DE MANHÃ, TENHO QUE PERGUNTAR, EVE...
...COMO ESTÁ SE SENTINDO?
BEM, JAMES...
...EU ESTOU BEM...

CARLYLE

ODERINT DUM METUANT

FAMÍLIA
CAPÍTULO DOIS

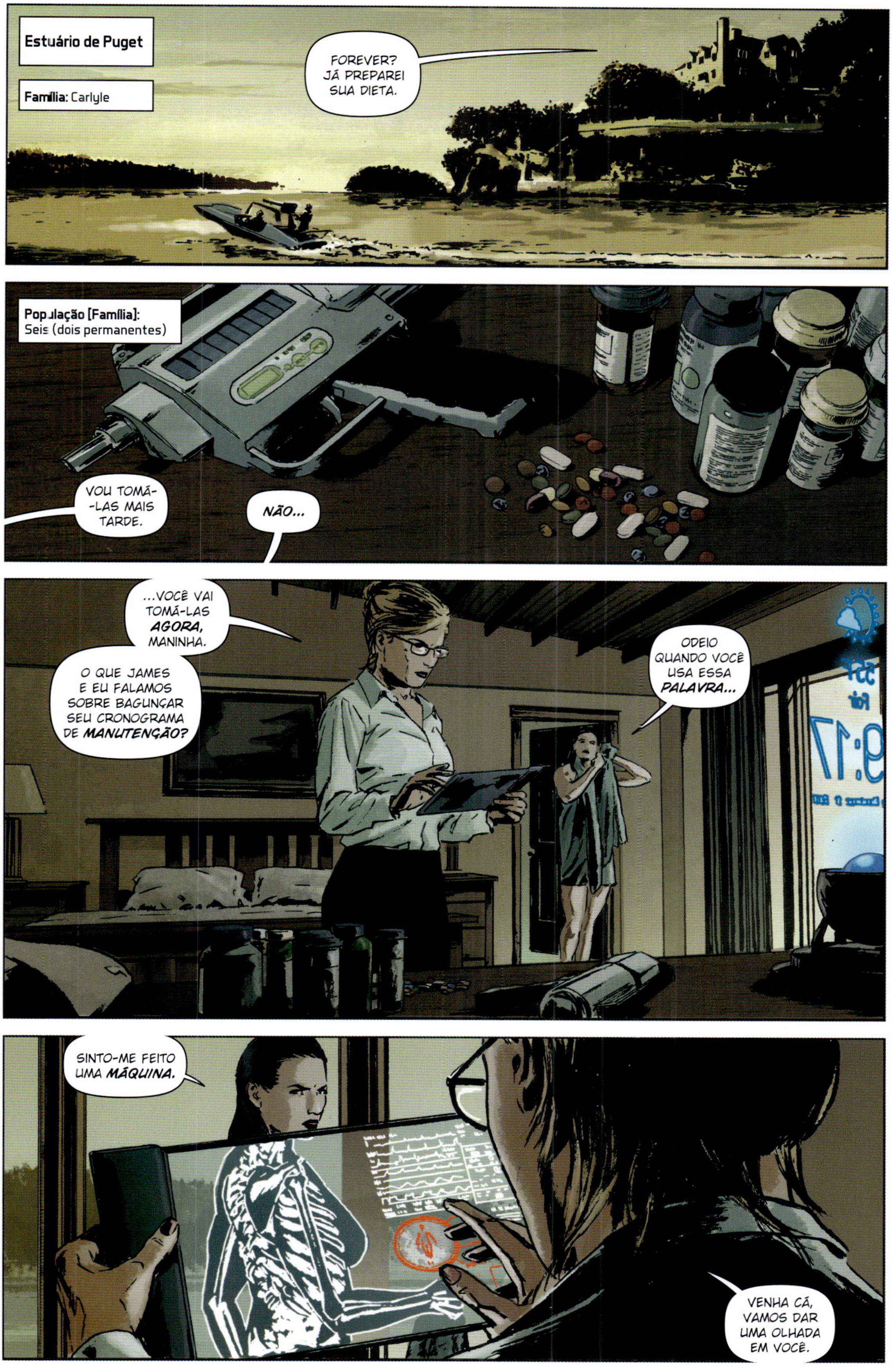
Estuário de Puget
Família: Carlyle
FOREVER? JÁ PREPAREI SUA DIETA.
População [Família]: Seis (dois permanentes)
VOU TOMÁ-LAS MAIS TARDE.
NÃO...
...VOCÊ VAI TOMÁ-LAS AGORA, MANINHA.
O QUE JAMES E EU FALAMOS SOBRE BAGUNÇAR SEU CRONOGRAMA DE MANUTENÇÃO?
ODEIO QUANDO VOCÊ USA ESSA PALAVRA...
SINTO-ME FEITO UMA MÁQUINA.
VENHA CÁ, VAMOS DAR UMA OLHADA EM VOCÊ.

NENHUMA DOR RESIDUAL?
NÃO, BETH.
PROBLEMAS PARA RESPIRAR? SENSIBILIDADE?
NÃO, BETH.
DORES PARA SE MOVER?
NÃO, BETH.

TONTURA? ALGUM DESCONFORTO AURICULAR, ZUMBIDO OU ALGO DO TIPO?
NÃO, BETH.
VISTA-SE. AS PÍLULAS ESTÃO NA PENTEADEIRA.
PAPAI QUER VOCÊ NO ESTÚDIO EM CINCO MINUTOS PARA O RELATÓRIO.

NÃO HÁ O QUE DISCUTIR, STEPHEN!
MORRAY NOS ATACOU! E EM NOSSO TERRITÓRIO!
JÁ ESTAMOS EM GUERRA COM ELES, MESMO QUE NOSSO PAI NÃO RECONHEÇA ISSO!
VAMOS VER O QUE ELE DIZ.
VOCÊ NÃO TEM UM ÚNICO PENSAMENTO QUE NÃO TENHA SIDO AUTORIZADO ANTES PELO VELHO, NÃO É, STEVE?
FODA-SE, JONAH.
ACHA QUE NÃO SEI O QUE VOCÊ E JOHANNA PLANEJAM EM LOS ANGELES?
E ME REFIRO A TUDO QUE ESTÃO TRAMANDO!
SE DISSER MAIS UMA PALAVRA, EU QUEBRO A MERDA DO SEU PESCOÇO...
CHEGA!
NÃO SEI DO QUE SE TRATA E NÃO ME IMPORTO.

TEMOS ASSUNTOS **SÉRIOS** A **DISCUTIR**, E NÃO VOU TOLERAR MEUS **FILHOS** AGINDO COMO SE TIVESSEM **SEIS** ANOS EM VEZ DE **SESSENTA**.
FUI **CLARO?**
SIM, SR.
SIM, SR.
ONDE ESTÁ A SUA IRMÃ?
A FOREVER ESTARÁ AQUI EM...
NÃO A LAZARUS...
JOHANNA. ONDE ELA ESTÁ, JONAH?
ELA... ELA ACHOU QUE DEVERIA FICAR NA CASA DE PALISADES, SENHOR.
NO CASO DO MORRAY TENTAR COMEÇAR ALGO COM OS REFUGOS.
DIGA QUE, DA PRÓXIMA VEZ QUE EU CONVOCAR UMA **REUNIÃO DE FAMÍLIA**, ISSO A INCLUI...
A MENOS QUE ELA NÃO DESEJE MAIS SER UMA **CARLYLE**.
ONDE DIABOS ESTÁ A EVE?
AQUI, PAI.
BOA GAROTA.
TODOS VOCÊS, PRESTEM **ATENÇÃO** NA SUA IRMÃ CAÇULA.
ÀS TRÊS E VINTE E DOIS DA MANHÃ DE ONTEM, UMA EQUIPE DE ATAQUE DOS MORRAY INVESTIU CONTRA A COLHEITA UM.

ELES EVITARAM OS SISTEMAS DE AVISO PRIMÁRIOS E INVADIRAM O POSTO ANTES QUE O ALARME FOSSE DISPARADO.
O SARGENTO ORIOSO REUNIU UMA TROPA DE DEFESA E REPELIU A INVESTIDA. OS SILOS DE SEMENTES ERAM O OBJETIVO DELES.
AS PERDAS DOS CARLYLE... AS NOSSAS PERDAS... FORAM...
...ELAS FORAM...
...SUBSTANCIAIS...
POR FAVOR, CONTINUE, FOREVER.
SIM, SENHOR.
ESTE HOMEM...
...SAMUEL ROSALES, CONFESSOU TER DESATIVADO A SEGURANÇA E ALEGOU SER UM AGENTE DA FAMÍLIA MORRAY.
APÓS SUA EXECUÇÃO POR TRAIÇÃO, SEUS PERTENCES FORAM CONFISCADOS E O ALOJAMENTO ONDE MORAVA COM A FILHA, UMA DAS PESQUISADORAS DA EQUIPE, FOI REVISTADO.
NÃO CONSEGUI ENCONTRAR NENHUMA EVIDÊNCIA DE COMO FOI RECRUTADO PELOS MORRAY, NEM DE COMO SE COMUNICAVA COM ELES.

OBRIGADO, FOREVER.
IDEIAS?
O QUE SABEMOS SOBRE A FILHA?
CADY ROSALES. NASCIDA NO INÍCIO DOS ANOS 30, TESTADA EM 42, COM PONTUAÇÃO ELEVADA PARA APTIDÃO TÉCNICA E INTELIGÊNCIA.
EM SEGUIDA, PROMOVIDA E ENVIADA PARA ESTUDAR EM STANFORD.
TREINADA EM BIOTECNOLOGIA, ESPECIFICAMENTE EM GENÉTICA AGRÍCOLA...
...DESIGNADA PARA COLHEITA UM NO ANO PASSADO.
NADA MAIS DIGNO DE NOTA. NENHUMA REPRIMENDA, NENHUMA ADVERTÊNCIA E NENHUM SINAL DE INCLINAÇÕES SUBVERSIVAS.
STANFORD... É POR ISSO QUE EU CONHEÇO O NOME...
CANCELAMOS OS NEGÓCIOS COM OS MORRAY CINCO ANOS ATRÁS. O QUE SABEMOS É QUE AS COLHEITAS DELES VÊM SOFRENDO DESDE ENTÃO E QUE ESTÃO TENDO PROBLEMAS PARA CONTROLAR SEUS REFUGOS.
CERTAMENTE É PLAUSÍVEL QUE VENHAM ATRÁS DE NOSSAS SEMENTES.
NÃO É PLAUSÍVEL, STEVE, É FATO!
A TERRA DELES NÃO ESTÁ CULTIVADA. AQUELA MERDA ESTÁ MORTA SEM NOSSAS CEPAS PARA PLANTAR!
NÓS SABEMOS QUEM E POR QUE FIZERAM ISSO. A ÚNICA QUESTÃO É O QUE VAMOS FAZER PARA RESPONDER.
E O QUE ACHA QUE DEVEMOS FAZER, JONAH?
IR À GUERRA.

TODOS VOCÊS, SAIAM.
FOREVER, FIQUE.
VOCÊ NÃO ACREDITA NA CONFISSÃO DE SAMUEL ROSALES.
ACREDITA?
NÃO, SR.

VOCÊ O **EXECUTOU** POR **TRAIÇÃO**.
POR QUE FEZ ISSO?
FOREVER.
EU LHE FIZ UMA PERGUNTA, MOCINHA.
EU... EU NÃO QUERIA...
MAS VOCÊ O MATOU E EU QUERO SABER O MOTIVO.
VOCÊ SE **SENTIU** BEM? VOCÊ **GOSTOU?**
QUERIA VÊ-LO **SANGRAR?**
MATAR UM VELHO **DESARMADO...** ISSO A FEZ SE SENTIR **FORTE?**
TIVE QUE FAZER! TRAIÇÃO SIGNIFICA **MORTE.** JONAH ME **OBRIGOU...**
ELE EXECUTARIA **TODOS** SE NÃO CONSEGUISSE UMA CONFISSÃO!

AH, JONAH...
...SEU GAROTO TOLO.
CINCO CRIANÇAS E SÓ UMA DELAS VALE ALGUMA COISA.
VENHA AQUI, EVE...
...HÁ UMA COISA QUE SEU PAI PRECISA QUE VOCÊ FAÇA PELA FAMÍLIA...

QUANTO TEMPO ELA VAI FICAR LÁ DENTRO COM ELE?
CIÚMES?
É UM ASSUNTO DE FAMÍLIA! ELA NEM DEVERIA ESTAR LÁ DENTRO!
ELA NEM É FILHA DELE DE VERDADE, ELA É SÓ UM...
CALA A PORRA DA SUA BOCA, JONAH.
NÃO DIGA ISSO... NEM MESMO PENSE NISSO... NÃO NUM LUGAR ONDE ELA POSSA OUVIR.
SABE O QUE VAI ACONTECER SE ELA DESCOBRIR O QUE REALMENTE É? AS PERGUNTAS QUE VAI FAZER?
ENTÃO ELA DESCOBRE A VERDADE E FICA PUTA DA VIDA! GRANDE COISA.
NÓS ACABAMOS COM ELA...
...E AÍ VOCÊ E O JAMES BRINCAM DE PIQUE-ESCONDE COM OS TUBOS DE ENSAIO POR UM TEMPO E FAZEM OUTRA PRA NÓS.
EU VOU TE MATAR, SEU...
UNGH.

SEU ABORTO MISERÁVEL! SEU MERDINHA MALDOSO...
AAH! AAAH! SUA PUTA, ME SOLTA...
VOU ARRANCAR A SUA PELE... VOU...
ME SOLTA! ME...
...SUGAR ATÉ A ÚLTIMA GOTA DO SEU SANGUE IMPRESTÁVEL!
BETH!
PARE COM ISSO!
SUA DOIDA...

...FIQUE LONGE DE MIM...
O QUE VOCÊ QUER?
SINTO MUITO, SENHOR, A SUA MÃE...
SAI DAQUI!

TIRE SUAS MÃOS DE MIM, STEPHEN.
EU DISSE PRA *SAIR* DAQUI, SUA...
PAPAI QUER FALAR COM VOCÊ NO ESTÚDIO, STEPHEN.
BETHANY, ELE DISSE QUE VOCÊ ESTÁ LIVRE PARA RETORNAR AO SEU TRABALHO COM O DR. MANN OU VOLTAR À UNIVERSIDADE, COMO PREFERIR.
EU VOU ACOMPANHÁ-LO DE VOLTA A LOS ANGELES.
DEVEMOS PARTIR IMEDIATAMENTE.
ESPERE, IR *COMIGO?*
ENTÃO, ELE SE *DECIDIU?* VAMOS PRA GUERRA CONTRA OS MORRAY?
DEVEMOS PARTIR IMEDIATAMENTE.

Los Angeles
Família: Carlyle
População [Família]:
Três (dois permanentes)
"VOCÊ DEVERIA TER FEITO MAIS REPAROS DEPOIS DO TERREMOTO..."
População [Servos]: 322.274
População [Refugos]: 2.874.500 (estimado)
O SEU DOMÍNIO PARECE UMA ZONA DE GUERRA, JONAH.
RECONSTRUÍMOS O QUE A FAMÍLIA PRECISA. PRA QUE DESPERDIÇAR RECURSOS COM REFUGOS QUE NEM SABEM APRECIÁ-LOS.
O QUE VOCÊ E PAPAI CONVERSARAM?

ELE ME PEDIU PARA FAZER UMA COISA.
PELA NOSSA FAMÍLIA.
JO?
JOHANNA?
ESTOU NO **BANHO**.
MINHAS COSTAS.
POR QUE ELA ESTÁ AQUI, JONAH?
NÃO SEI. E ELA **NÃO** VAI FALAR.
O QUE QUER DIZER COM **ISSO?** ELA NÃO TEM **ESCOLHA.** FAZER O QUE NÓS **QUEREMOS** ESTÁ NA PORRA DOS **GENES** DELA!

PAPAI DEVE TER MANDADO NÃO CONTAR A NINGUÉM, NEM MESMO AOS MEMBROS DA FAMÍLIA.
NÃO GOSTO DISSO.
ELE PERGUNTOU POR QUE VOCÊ NÃO ESTAVA NA REUNIÃO.
EU DISSE QUE VOCÊ FICOU PREOCUPADA COM A SEGURANÇA DEPOIS DO ATAQUE DOS MORRAY.
ELE NÃO ACREDITOU EM VOCÊ.
NÃO. ELE DISSE QUE VOCÊ NÃO SE IMPORTAVA.
SE É ISSO QUE O VELHO TOLO PENSA DE MIM, TUDO BEM...
O PROBLEMA AGORA É A FOREVER, NÃO ELE.
VAMOS PRECISAR FICAR DE OLHO NELA...
...E DESCOBRIR POR QUE A PEQUENA PERVERSÃO ESTÁ AQUI E O QUANTO ELA SABE. SE PAPAI SUSPEITAR...
SHH, JO...
...EU MANDEI O MASON VIGIÁ-LA...

"ESTÁ *TUDO* SOB
CONTROLE..."

AH, NÃO. AH, NÃO, NÃO, NÃO...
PRA ONDE VOCÊ FOI, PIRANHA?
Mason
Se você continuar me seguindo, eu vou te matar.

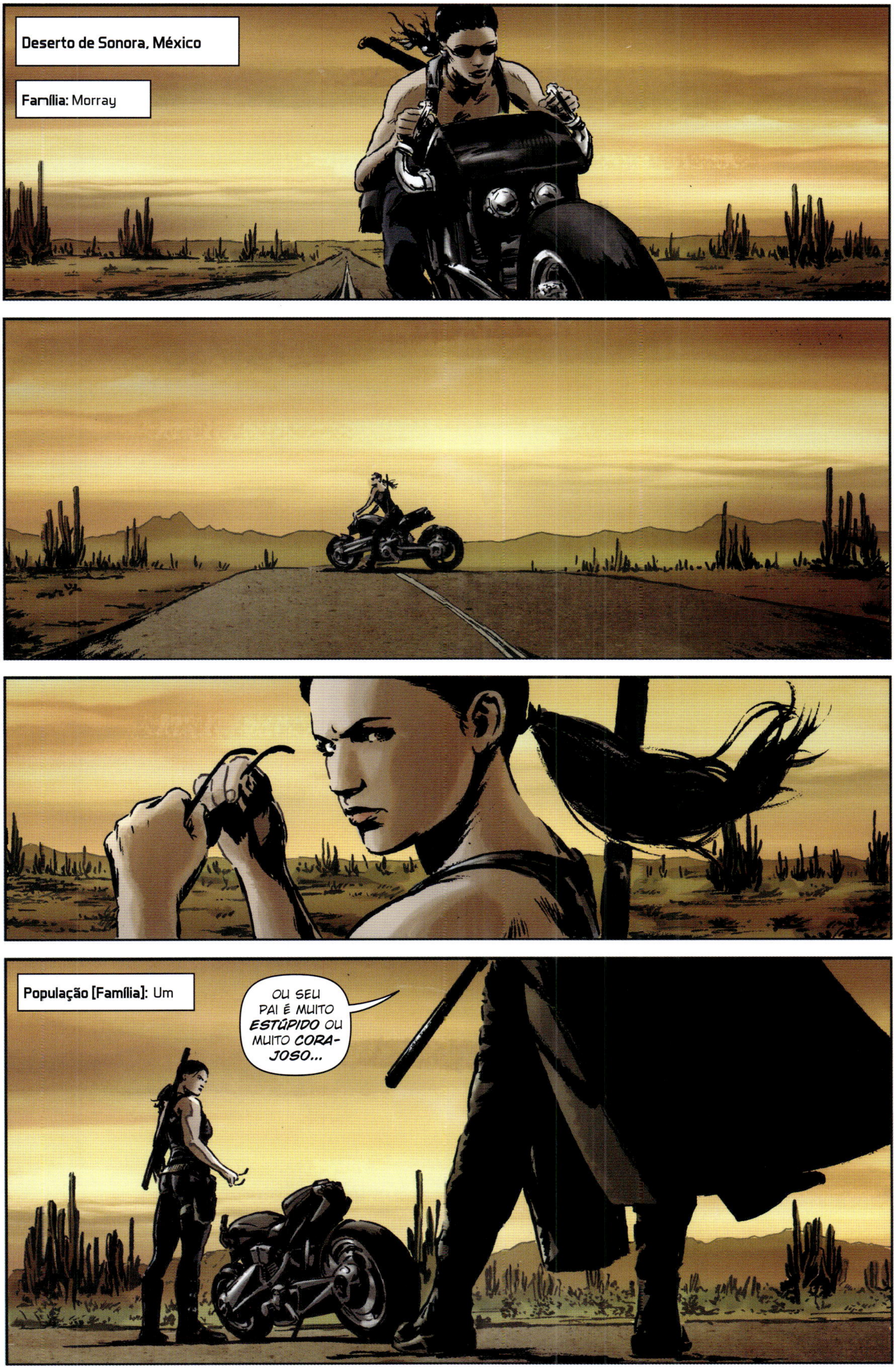
Deserto de Sonora, México
Família: Morray
População [Família]: Um
OU SEU PAI É MUITO ESTÚPIDO OU MUITO CORAJOSO...

População [Servos]: 36
...PARA ENVIAR A LAZARUS DELE ATÉ NÓS DESTA MANEIRA.
NA VERDADE, ISSO NÃO IMPORTA. AGORA VOCÊ É UMA PRISIONEIRA DA FAMÍLIA MORRAY...

...FOREVER.

CARLYLE

ODERINT DUM METUANT

FAMÍLIA
CAPÍTULO TRÊS

(*) NO MURO: "OS MORRAY SE EMPANTURRAM ENQUANTO MORREMOS DE FOME".

<SEGUREM-NA, E NÃO PRECISAM SER GENTIS...>
<POR MAIS QUE ESSA TENTATIVA FOSSE ME DIVERTIR...>
<...EU OS ACONSELHARIA A EVITAR TOCAR NA SRTA. CARLYLE SEM O SEU CONSENTIMENTO.>
<ELA É NOSSA HÓSPEDE, POR ENQUANTO...>
<E NÓS VAMOS CONCEDER A CORTESIA QUE LHE É DEVIDA.>
<SR. MORRAY, AS ORDENS DO SEU TIO SÃO MUITO CLARAS EM RELAÇÃO A ISSO...>
<...A CAPTURA DE UM LAZARUS INIMIGO IDENTIFICADO É DA MAIS ALTA PRIORIDADE.>
<ELA É UMA PRISIONEIRA, NÃO UMA CONVIDADA.>
ELE ESTÁ DISCUTINDO COMIGO.
SIM, ELE ESTÁ.

<ENTÃO, NÃO HESITE, SARGENTO. CUMPRA O SEU DEVER.>
SUA ARMA.
E SUA ESPADA.
OK.
NÃO.
SUA ESPADA.

SUA ES...
...PADA...
NÃO.
AAH... AAH... AAH...

<...MÃE DO CÉU... MEU BRAÇO... OH, DEUS...>
<VOCÊ É UM REFUGO PROMOVIDO AO SERVIÇO MILITAR...>
<...MAS DESAFIA A MINHA AUTORIDADE NA FRENTE DOS SEUS HOMENS?>
<EU SOU O LAZARUS DOS MORRAY. EU SOU O BRAÇO DA MINHA FAMÍLIA. E A SUA AMBIÇÃO, SARGENTO...>
<...SUPEROU O SEU BOM SENSO.>
<VOCÊ.>
<VOCÊ FOI PROMOVIDO AO POSTO DE SARGENTO.>
<LIMPE TUDO AQUI E SE PREPARE PARA A INSPEÇÃO.>
<MEU TIO VAI CHEGAR EM BREVE.>
FOREVER? POSSO LHE OFERECER UMA BEBIDA?
SERIA ÓTIMO. OBRIGADA, JOACQUIM.

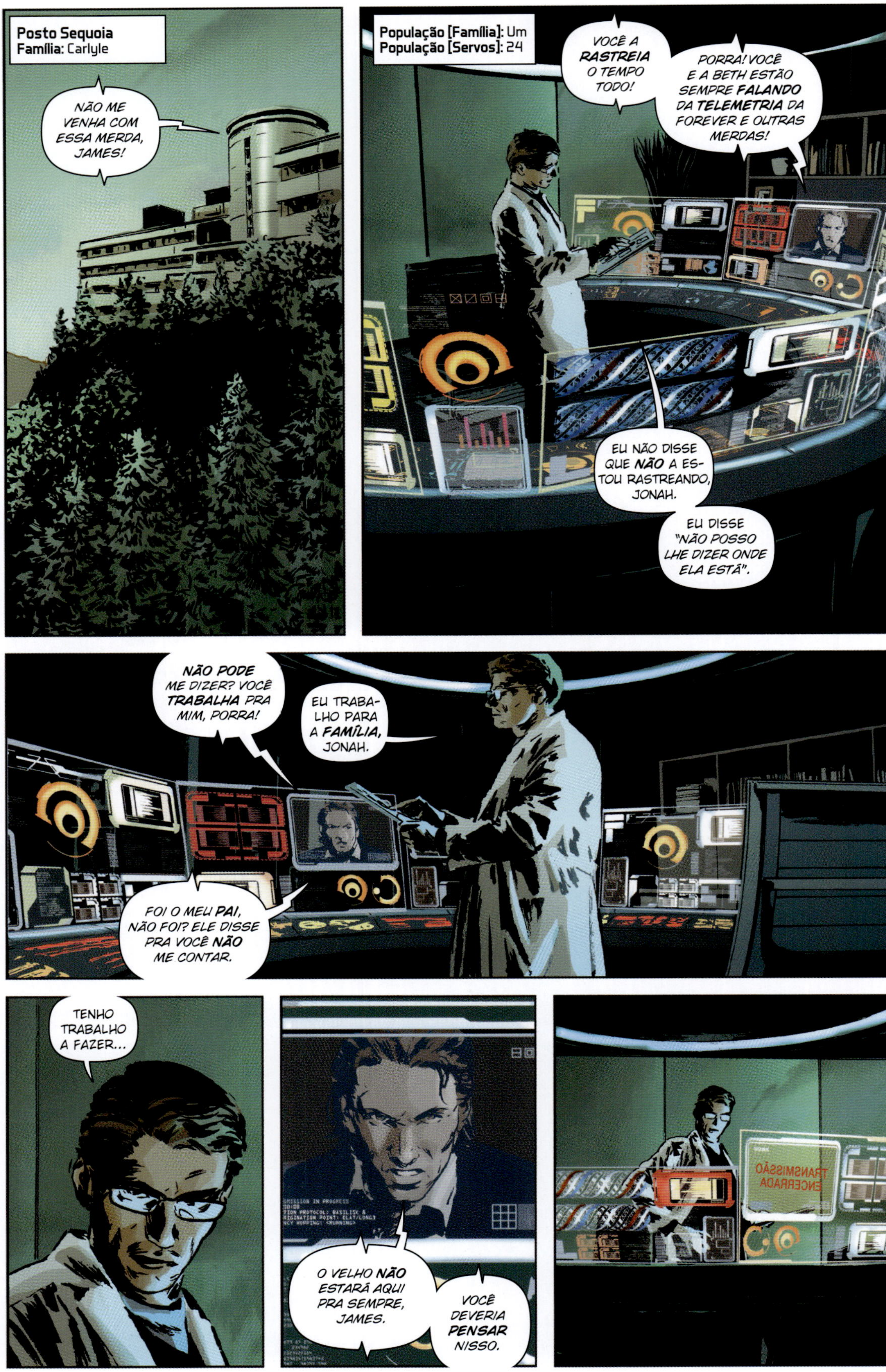
Posto Sequoia
Família: Carlyle
NÃO ME VENHA COM ESSA MERDA, JAMES!
População [Família]: Um
População [Servos]: 24
VOCÊ A RASTREIA O TEMPO TODO!
PORRA! VOCÊ E A BETH ESTÃO SEMPRE FALANDO DA TELEMETRIA DA FOREVER E OUTRAS MERDAS!
EU NÃO DISSE QUE NÃO A ES-TOU RASTREANDO, JONAH.
EU DISSE "NÃO POSSO LHE DIZER ONDE ELA ESTÁ".
NÃO PODE ME DIZER? VOCÊ TRABALHA PRA MIM, PORRA!
EU TRABA-LHO PARA A FAMÍLIA, JONAH.
FOI O MEU PAI, NÃO FOI? ELE DISSE PRA VOCÊ NÃO ME CONTAR.
TENHO TRABALHO A FAZER...
O VELHO NÃO ESTARÁ AQUI PRA SEMPRE, JAMES.
VOCÊ DEVERIA PENSAR NISSO.

CHAMADA: MALCOLM CARLYLE.
SIM, JAMES?
OLÁ, SENHOR. A ATUALIZAÇÃO DA TELEMETRIA ESTÁ PRONTA.
EVE FOI LEVADA PARA O POSTO AVANÇADO DOS MORRAY, EM MAGDALENA. OS SINAIS VITAIS ESTÃO NORMAIS.
MUITO BEM.
SENHOR? JONAH ACABOU DE ME LIGAR. ELE QUER SABER ONDE ELA ESTÁ.
O QUE VOCÊ DISSE?
QUE EU NÃO PODIA DIZER A ELE.
ELE NÃO FICOU FELIZ.
MANTENHA AS ATUALIZAÇÕES DA MINHA FILHA A CADA HORA, JAMES.
SIM, SR.

VOCÊ PODE COMER ISTO?
ESTOU PERGUNTANDO PORQUE ACHO QUE A SUA DIETA É RESTRITIVA, NÃO?
EU POSSO, OBRIGADA.
GOIABA?
VOCÊ VAI COMER TAMBÉM?
EU NÃO ESTOU TE ENVENENANDO, DOU A MINHA PALAVRA.
NÃO ACHEI QUE ESTIVESSE, JOACQUIM.
NÃO POSSO COMÊ-LAS...
AS ENZIMAS INTERFEREM EM MEUS IMPLANTES.

ESTOU TENTANDO ME LEMBRAR DA ÚLTIMA VEZ QUE NOS ENCONTRAMOS.
QUANDO AS NEGOCIAÇÕES FRACASSARAM. CINCO ANOS ATRÁS.
AH, SIM. VOCÊ MAL TINHA TAMANHO PARA CARREGAR A SUA ESPADA.
EU TINHA QUATORZE ANOS.
VERDADE? PENSEI QUE FOSSE MAIS VELHA.
EU ERA MUITO MADURA PARA A MINHA IDADE.
NÃO ME LEMBRO DE VOCÊ FALAR MUITO.
EU ME LEMBRO DE VOCÊ NÃO FALAR NADA.
SIM. BEM, MEU PAI TINHA ME PROIBIDO DE FALAR.
MEU TIO ME DISSE PARA TE MATAR PRIMEIRO, CASO AS NEGOCIAÇÕES DESSEM ERRADO.
MEU PAI DISSE ALGO PARECIDO SOBRE VOCÊ.
VOCÊ FOI A PRIMEIRA PESSOA IGUAL A MIM QUE CONHECI.
ESTÁ FALANDO DE OUTRO LAZARUS?
SIM.

VOCÊ SE TORNOU UMA BELA MULHER.
PARA.
FALO SÉRIO.
E VOCÊ NÃO MUDOU NADA. PELO MENOS, NÃO PERCEBI.
ELES ME REMONTARAM ALGUMAS VEZES DESDE ENTÃO.
ACHO QUE NOS FAZEM LUTAR PARA QUE ELES NÃO PRECISEM.
NÃO QUERO LUTAR COM VOCÊ.
NÃO QUERO TE MACHUCAR.
NOSSAS FAMÍLIAS NÃO ENTENDEM.
NÃO.
ELAS NÃO ENTENDEM.

É O MEU TIO.

Los Angeles
Família: Carlyle
ESTOU TE DIZENDO QUE ELE SABE.
ELE NÃO SABE, JONAH. ELE SUSPEITA.
NÃO, JO. ELE SABE DA PORRA TODA E ESTÁ USANDO A LAZARUS PRA TER CERTEZA!
ELA FOI VISTA INDO PRO SUL.
SE PAPAI A TIVESSE ENVIADO PRA UM ATAQUE, ELA TERIA LEVADO TROPAS.
O ÚNICO MOTIVO DE ENVIÁ-LA SOZINHA É PARA NEGOCIAR...
JONAH, ACALME-SE!

NÓS ESTAMOS À BEIRA DE UMA GUERRA COM OS MORRAY.
SÓ PRECISAMOS DE UM SOPRO PARA DAR VIDA ÀS CHAMAS.
E VOCÊ NÃO ESTÁ ME OUVINDO, JOHANNA!
ELE ENVIOU A FOREVER COM UM BALDE D'ÁGUA.
OBR GADA CHARLES.
A HONRA É MINHA, SRTA. JOHANNA.
ESTÁ DISPENSADO.
SE PAPAI MANDOU A FOREVER PARA NEGOCIAR, ELE ESTÁ MONITORANDO TUDO.
FOREVER NÃO VAI COMPROMETER O SISTEMA DE COMUNICAÇÃO DA FAMÍLIA. ELA NÃO PODE FALAR COM O PAPAI ATÉ VOLTAR AO TERRITÓRIO DOS CARLYLE.

ENTÃO NÓS A MATAMOS ANTES QUE ELA FALE COM ELE E COLOCAMOS A CULPA NOS MORRAY.
PAPAI NÃO TERÁ OUTRA OPÇÃO A NÃO SER DECLARAR GUERRA.
BUM. PRONTO.
SÉRIO, MEU IRMÃO, ISSO NÃO É TÃO DIFÍCIL DE ENTENDER, É?
NÃO VAI DAR CERTO.
É CLARO QUE VAI.
ELA É A NOSSA LAZARUS, CARALHO! NÃO DÁ PARA MATÁ-LA, LEMBRA?
É CLARO QUE DÁ. ELA MORRE COMO TODOS NÓS. É POR ISSO QUE CARREGAM AQUELAS ESPADAS IDIOTAS.
É SÓ DEIXAR OS PEDAÇOS BEM PEQUENOS E NÃO HAVERÁ NADA PARA RECONSTRUIR.
BUM. COMO EU DISSE.

TEREMOS QUE ACABAR COM ELA ASSIM QUE ENTRAR NO NOSSO TERRITÓRIO.
VOU CHAMAR O MASON...
...MOBILIZAR UMA EQUIPE DE ATAQUE E DOBRAR A VIGILÂNCIA NA FRONTEIRA.
UM ATIRADOR DE ELITE E UMA BALA NA CABEÇA RESOLVERIAM TUDO, JONAH.
E PEÇA AO MASON PARA VISITAR O CHARLES.
ELE ESCUTOU O SUFICIENTE DO SEU CHILIQUE PARA DEDUZIR O QUE ESTÁ HAVENDO...
...E NÃO QUEREMOS REFUGOS FOFOCANDO PARA O PAPAI, NÃO É?

EU SOU MORRAY. A VOZ DA MINHA FAMÍLIA.
ESTAMOS DISPOSTOS A ESCUTAR VOCÊ, SRTA. CARLYLE, PORQUE AINDA LEMBRAMOS E RESPEITAMOS OS ACORDOS DE MACAU. NÓS RESPEITAMOS O SEU PAI, APESAR DE TUDO O QUE ACONTECEU ENTRE NOSSAS FAMÍLIAS.
MAS OS MORRAY NÃO SERÃO AMEAÇADOS. OS MORRAY NÃO SERÃO TRANSFORMADOS EM CÃES DOS CARLYLE.
NÃO VAMOS ABAIXAR A CABEÇA PARA VOCÊS. ENTÃO, ANTES DE NOS DIZER A MENSAGEM DO SEU PAI, ISSO PRECISA FICAR BEM CLARO.
SE A SUA PRESENÇA AQUI FOR UMA DECLARAÇÃO DE GUERRA DOS CARLYLE, VOCÊ CERTAMENTE SERÁ A PRIMEIRA DA SUA FAMÍLIA A MORRER...
...MAS NEM DE LONGE SERÁ A ÚLTIMA.
EU SOU UMA CARLYLE, SENHOR MORRAY. ESTAS SÃO AS PALAVRAS DO MEU PAI.
ELE DIZ: "SAUDAÇÕES, EDGAR, E TAMBÉM PARA SEU FILHO, BRIAN; PARA SUA RADIANTE NOIVA, ANNE MARIA; E PARA TODOS DA SUA FAMÍLIA."
"A FORÇA DOS MORRAY OS HONRA."

"MAS VOCÊ NÃO PODE JANTAR ÀS CUSTAS DESSA **FORÇA**", ELE DIZ. "O SEU POVO ESTÁ PASSANDO **FOME.**"
"A **AGITAÇÃO** ESTÁ CRESCENDO DE DURANGO ATÉ A CIDADE DO MÉXICO, E ATÉ MESMO MAIS AO **SUL.**"
"PELAS NOSSAS PROJEÇÕES, O SEU DOMÍNIO ENFRENTARÁ UMA **INSURREIÇÃO** ANTES DO FIM DO ANO."
"NA MELHOR DAS HIPÓTESES, VOCÊ SERÁ **ENFRAQUECIDO.** NA **PIOR**, O SEU DOMÍNIO IRÁ **CAIR.**"
MEU PAI AINDA DIZ: "OS CARLYLE OFERECEM A **NORMALIZAÇÃO** DO COMÉRCIO COM OS MORRAY. AS REMESSAS DE **GRÃOS** E **SEMENTES** DEVEM SER RETOMADAS IMEDIATAMENTE."
"EM TROCA, OS MORRAY CONCORDAM COM O SEGUINTE..."
"PRIMEIRO, A PRONTA ENTREGA DE 18 INTERDITORES CLASSE-TARÂNTULA, COM UMA SEGUNDA REMESSA COM A MESMA QUANTIDADE SEGUINDO DENTRO DE SEIS MESES."
"EQUIPAMENTOS, PEÇAS DE REPOSIÇÃO E PESSOAL, INCLUINDO INSTRUTORES, DEVEM SER FORNECIDOS. MUNIÇÕES ESTÃO EXCLUÍDAS."
"POR FIM", DIZ O MEU PAI, "VOCÊ CONCORDA EM **CESSAR** IMEDIATAMENTE **TODA** E QUALQUER COMUNICAÇÃO COM MEU FILHO MAIS NOVO, JONAH..."
"...CUJA **TRAIÇÃO** É DE NOSSO CONHECIMENTO, BEM COMO SUA PARTICIPAÇÃO NESTA CONSPIRAÇÃO."
ESTA É A **MENSAGEM** DE CARLYLE PARA MORRAY.
PRECISO DA SUA **RESPOSTA.**

PARA OS INTERDITORES, SEIS MESES NÃO É O SUFICIENTE. EM UM ANO, POSSIVELMENTE. ESSES SERIAM OS MODELOS MARK IVs.
ALÉM DISSO, SUAS CEPAS DE BAIXA-HIDRATAÇÃO PARA OS GRÃOS, INCLUINDO AS VARIANTES J-73 E J-74.
ENTREGUE OS MODELOS MARK Vs COMO SOLICITADO.
EM TROCA, GARANTIMOS AS J-73 E K-17.
O ACORDO É SATISFATÓRIO, MAS VAMOS AGUARDAR OS TESTES QUE COMPROVEM A VIABILIDADE DAS CEPAS.
E QUANTO AO SEGUNDO ITEM?
SEU IRMÃO ESTÁ TÃO MORTO PARA NÓS QUANTO ESTÁ PARA VOCÊS AGORA.
MORRAY CONCORDA.
CARLYLE CONCORDA.
ÓTIMO.
ENTÃO, ESTA NEGOCIAÇÃO ESTÁ CONCLUÍDA...

PODEMOS CONVENCÊ-LA A FICAR PARA O JANTAR, SRTA. CARLYLE?
PELO MENOS PARA TOMAR UMA BEBIDA COMIGO E MEU FILHO?
É MUITA BONDADE SUA, SENHOR MORRAY...
...MAS TENHO CERTEZA DE QUE O SENHOR ENTENDE QUE DEVO RETORNAR PARA CASA O QUANTO ANTES.
CLARO. É UMA PENA, MAS EU ENTENDO.
SEU PAI VAI QUERER OUVIR ISSO PESSOAL-MENTE, NÃO TENHO DÚVIDAS...
NUNCA SE SABE QUEM PODE ESTAR ESCUTANDO.
LAZARUS.
SIM, TIO?
VOCÊ ESCO-TARÁ A LAZARUS DOS CARLYLE, EM SEGU-RANÇA, PARA FORA DE NOSSOS DOMÍNIOS.
VOCÊS PARTIRÃO AGORA.
CLARO, TIO...
...SERÁ UM PRAZER.

HÁ ALGUM PROBLEMA?
NÃO, NENHUM PROBLEMA...
O GPS INFORMOU QUE ACABAMOS DE CRUZAR A FRONTEIRA DOS DOMÍNIOS DA SUA FAMÍLIA.
E COMO É PROVÁVEL QUE DEMOREM OUTROS CINCO ANOS PARA NOS VERMOS NOVAMENTE, PENSEI QUE TALVEZ PUDÉSSEMOS TER UM MOMENTO A SÓS.
UM MOMENTO PARA O QUÊ?
PARA COMPARTILHAR UM POUCO DE ÁGUA E O PÔR DO SOL.
PARA DIZER ADEUS.
VOU ADORAR.

VOCÊ...?
SHHH.
ACHO QUE EU *OUVI*...
...ALGU...

CARLYLE

ODERINT DUM METUANT

FAMÍLIA
CAPÍTULO QUATRO

Sul de Serra Nevada
Instalação: Posto Sequoia
Família: Carlyle
AINDA NÃO SE MOVEU?
População [Família]:
Três [dois permanentes]
CARLYLE
MORRAY
NÃO. E NÃO É POR CAUSA DA INTERFERÊNCIA DOS MORRAY. EU JÁ LEVEI ISSO EM CONTA.
ELA SIMPLESMENTE... PAROU HÁ UNS TRÊS MINUTOS, NA FRONTEIRA...
População [Servos]: 28
População [Refugos]: 0
...POR QUE SERÁ?
TALVEZ ELA ESTEJA CURTINDO O PÔR DO SOL, JAMES.
TALVEZ VOCÊ TAMBÉM DEVESSE.
É UMA ORDEM DA FAMÍLIA, BETHANY?
PENSE NISSO COMO UM CONSELHO DE AMIGA, DOUTOR...
dreeetdreeetdreeetdre

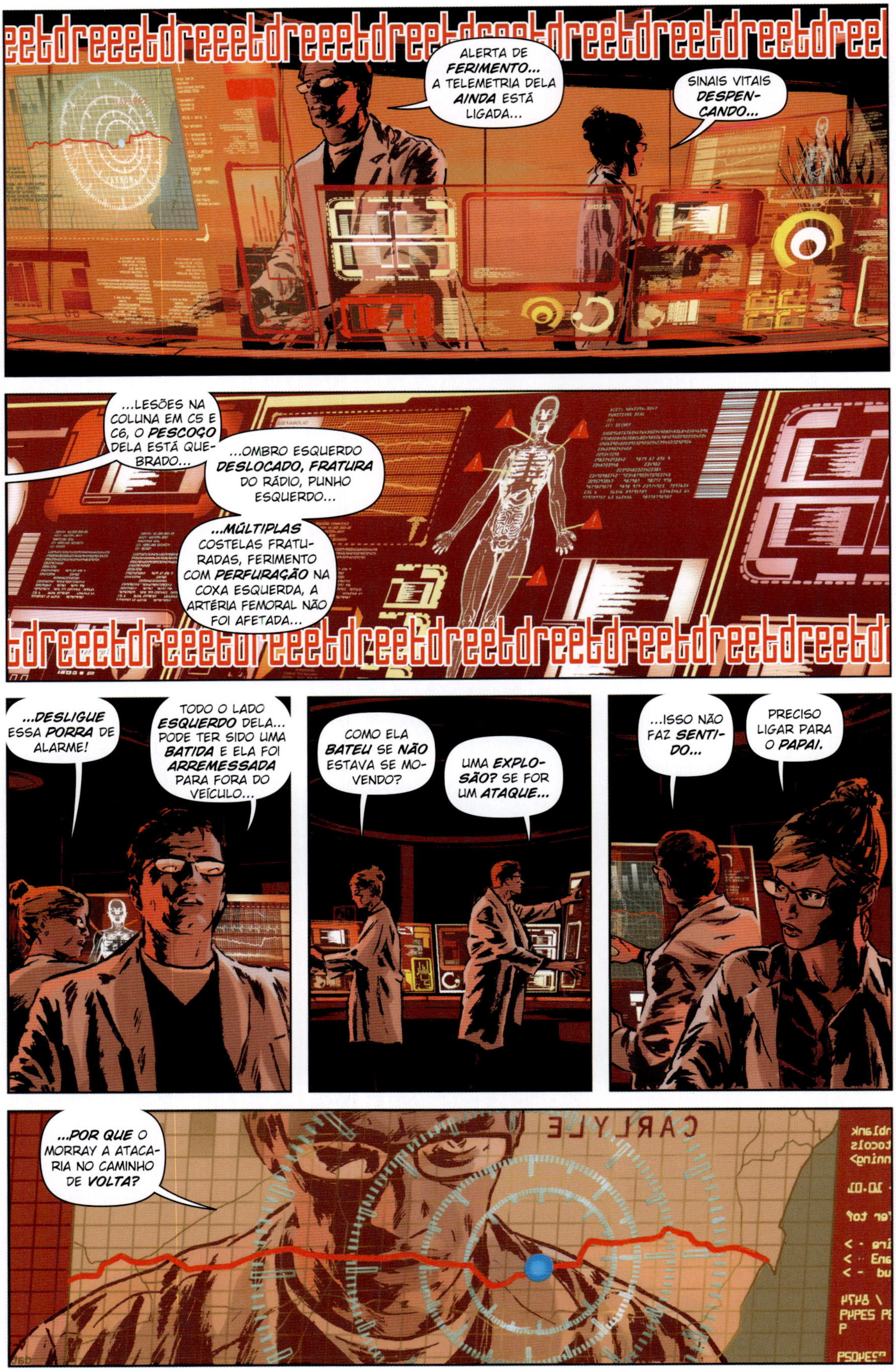
ALERTA DE FERIMENTO... A TELEMETRIA DELA AINDA ESTÁ LIGADA...
SINAIS VITAIS DESPENCANDO...
...LESÕES NA COLUNA EM C5 E C6, O PESCOÇO DELA ESTÁ QUEBRADO...
...OMBRO ESQUERDO DESLOCADO, FRATURA DO RÁDIO, PUNHO ESQUERDO...
...MÚLTIPLAS COSTELAS FRATURADAS, FERIMENTO COM PERFURAÇÃO NA COXA ESQUERDA, A ARTÉRIA FEMORAL NÃO FOI AFETADA...
...DESLIGUE ESSA PORRA DE ALARME!
TODO O LADO ESQUERDO DELA... PODE TER SIDO UMA BATIDA E ELA FOI ARREMESSADA PARA FORA DO VEÍCULO...
COMO ELA BATEU SE NÃO ESTAVA SE MOVENDO?
UMA EXPLOSÃO? SE FOR UM ATAQUE...
...ISSO NÃO FAZ SENTIDO...
PRECISO LIGAR PARA O PAPAI.
...POR QUE O MORRAY A ATACARIA NO CAMINHO DE VOLTA?
CARLYLE

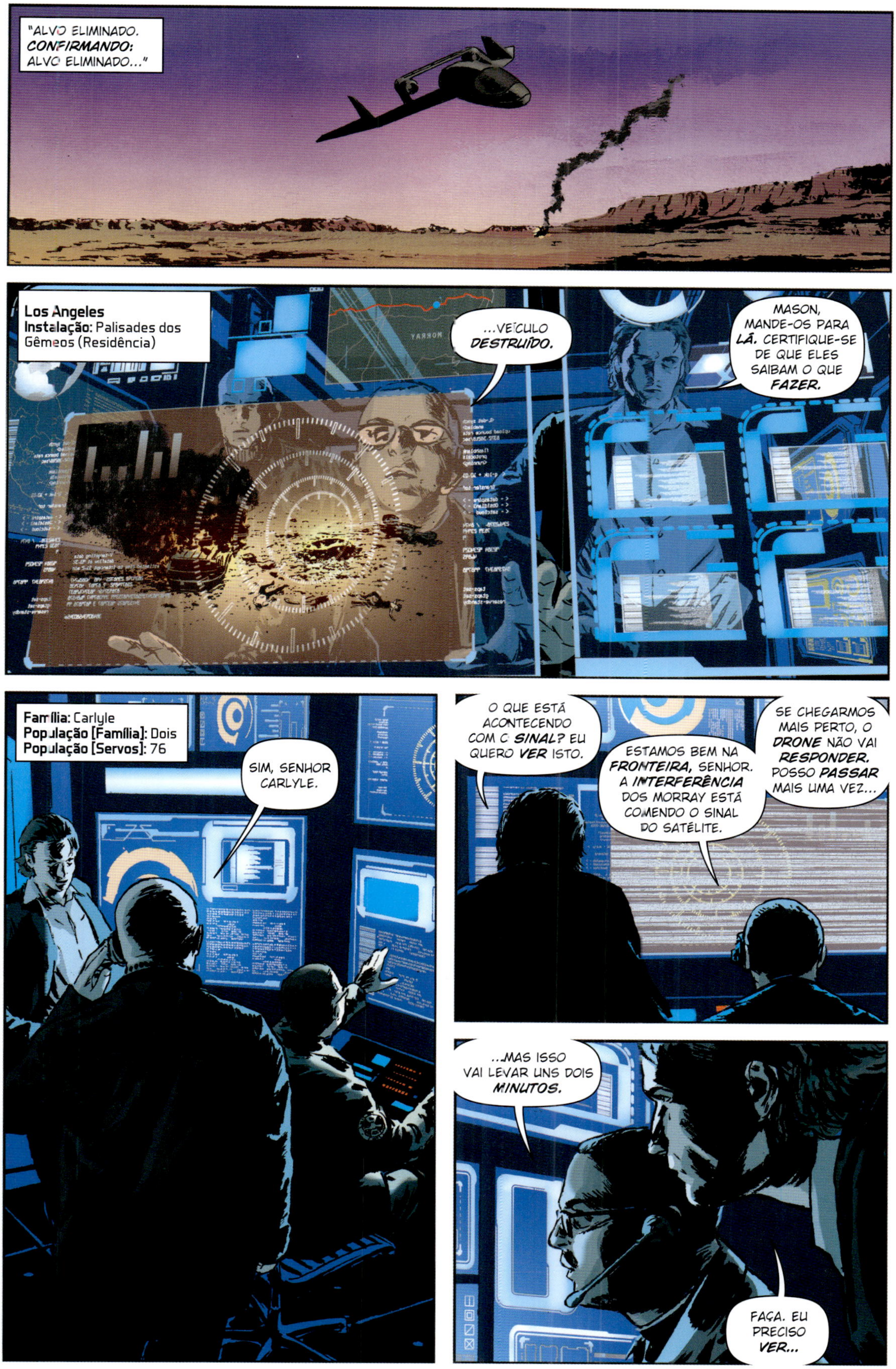
"ALVO ELIMINADO. CONFIRMANDO: ALVO ELIMINADO..."
Los Angeles
Instalação: Palisades dos Gêmeos (Residência)
...VEÍCULO DESTRUÍDO.
MASON, MANDE-OS PARA LÁ. CERTIFIQUE-SE DE QUE ELES SAIBAM O QUE FAZER.
Família: Carlyle
População [Família]: Dois
População [Servos]: 76
SIM, SENHOR CARLYLE.
O QUE ESTÁ ACONTECENDO COM O SINAL? EU QUERO VER ISTO.
ESTAMOS BEM NA FRONTEIRA, SENHOR. A INTERFERÊNCIA DOS MORRAY ESTÁ COMENDO O SINAL DO SATÉLITE.
SE CHEGARMOS MAIS PERTO, O DRONE NÃO VAI RESPONDER. POSSO PASSAR MAIS UMA VEZ...
...MAS ISSO VAI LEVAR UNS DOIS MINUTOS.
FAÇA. EU PRECISO VER...

Deserto de Sonora, México
Família: Fronteira Morray/
Carlyle [contestada]
"PRECISO TER CERTEZA..."
KHK... HKKK...

AS COSTELAS JÁ SE **LIGARAM,** REGENERAÇÃO DA COLUNA EM 97%, PROPAGAÇÃO DE SINAIS NERVOSOS RESTAURADA... ELA RECUPEROU SUAS **EXTREMIDADES...**
HNGHH... NNHHNNN...
...ELA TERÁ QUE **AJEITAR** O PUNHO SOZINHA ANTES DE ELE SE **RECUPERAR.**
LIBERAÇÃO SECUNDÁRIA DE CATECOLAMINA...
"...ELA DEVE ESTAR **REAGINDO** A ALGUM ESTÍMULO..."
...ALGUMA **AMEAÇA...**
O SEU PAI... O QUE FOI QUE ELE DISSE?
HUM? AH, ELE DISSE, E EU REPITO...

"...FOREVER É UMA MENINA CRESCIDA, ELA PODE TOMAR CONTA DE SI MESMA."
COLOQUE-A DE JOELHOS.
...VOCÊ É UM CARLYLE, VOCÊ É DA FAMÍLIA...
E-ES-PERE...
NÃO CONSIGO VER PORRA NE-NHUMA!
VOU CHECAR O BANCO DE UPLINKS. TALVEZ DÊ PARA LIMPAR O SINAL.
...AAAAAHN-NGGGH!
SEJA RÁPIDO!
SEGU-REM-NA.
P-PARE...

...NÃO FAÇA ISSO...
SEGUREM-NA AS-SIM...
JOHANNA... DIGO, SRTA. CARLYLE... O SINAL CAIU.
EU DISSE A VOCÊ QUE CUIDARIA DISSO, MASON.
...EU ESTOU... TE DANDO UMA ORDEM...
...SOU A COMANDANTE FOREVER CARLYLE... DA FAMÍLIA CARLYLE...
AGORA ME DÊ UM SOCO.
COMO?
NÃO SEJA UMA BICHINHA, MASON...
...QUEM ME DESOBEDE-CE, MORRE.
QUEM ME ATACA, MORRE.
VOCÊS VÃO ME LIBERTAR IMEDIATA-MENTE...
...ESTOU TE DANDO UMA ORDEM.

SEGUREM-
-NA AS...
...SIM...
AGORA, JOACQUIM...
DE NOVO.
AGORA COM VONTADE.
...NNHAAAGH!

NHN...
NÃO É O BASTANTE...
...TEM QUE PARECER REAL...
"...COMO SE O JONAH TIVESSE ME BATIDO..."

FILHA DA...
dreeetdreeetdreeetdreeetdreeetdreeetdreeetdree
...PUTA. ELA ESTÁ COM SINAIS VERMELHOS...
NÍVEIS METABÓLICOS
EG
ECG
DA FUNÇÃO RESPIRATÓRIA
ATIVIDADE DO SNC (SISTEMA NERVOSO CENTRAL)
eeetdreeetdreeetdreeetdreeetdreeetdreeetdreeetdreel

...REAÇÃO
LUTE-OU-FUJA EM
NÍVEL MÁXIMO...
...QUE DIABOS
ESTÁ ACONTE-
CENDO LÁ?

ELA ESTÁ SE DEFENDENDO, JAMES.
VEJA SEU TEMPO DE REA-ÇÃO. ESTÁ MUITO ALÉM DO ESPERADO...
...QUE LINDO.
A TERAPIA DE BLOQUEIO DE ADENOSINA FUNCIONOU MELHOR DO QUE EU ESPERAVA.
PELO AMOR DE DEUS, BETHANY! ALGUÉM ESTÁ TENTANDO MATAR SUA IRMÃ!
ELA SÓ PENSA QUE É MINHA IRMÃ, JAMES.

COMANDANTE...
...COMANDANTE, **POR FAVOR...**
...EU ESTAVA SEGUINDO **ORDENS!**

...CONSEGUI UM SINAL BOM...
...AS IMAGENS DEVEM VOLTAR AGORA...
...O SENHOR QUER QUE EU FAÇA MAIS UMA PASSAGEM?
SR. CARLYLE? DEVO FAZER MAIS UMA PASSAGEM?

JOHANNA!
JO!
NÃO DEU CERTO! A MERDA NÃO DEU CERTO!
ELA ESTÁ AÍ DENTRO? DEIXE-ME ENTRAR, MASON!
NÃO.
O... O QUE VOCÊ DISSE...?
SAIA DA FRENTE!
SUA IRMÃ DISSE QUE SE VOCÊ COMEÇAR A CORRER AGORA...
...ELA ATRASARÁ A LAZARUS O SUFICIENTE PARA VOCÊ ESCAPAR.

PREPARE-
-SE PARA
DECOLAR.
SE PARTIR
SEM MIM, EU TE
CORTO EM
PEDAÇOS.
SIM,
SENHO-
RITA.
ISSO NÃO FOI
UM ATAQUE CONTRA
OS MORRAY, JOACQUIM.
VOCÊ SABE DISSO.
SABE QUE MEU PAI
JAMAIS...
É CLARO.

PENA O QUE ACONTECEU COM A ROVER.
PODE FICAR COM A MINHA MOTO.
OBRIGADO.
FIQUE BEM, FOREVER CARLYLE.
FIQUE BEM, JOACQUIM MORRAY.

COMANDANTE! GRAÇAS A DEUS VOCÊ ESTÁ...
ONDE ELE ESTÁ? ONDE ESTÁ O JONAH?
E-ELE FOI EMBORA...
CADÊ O MEU IRMÃO?
ELE FOI EMBORA!
ELE FOI ATRÁS DA SUA IRMÃ. ELE FOI ATRÁS DA DONA JOHANNA...

"...ELE A MACHUCOU, COMANDANTE..."
JO?
JOHANNA, SOU EU.
...EU... EU .. TENTEI, SABE...?
...MAS EU **NÃO** SOU FORTE COMO VOCÊ...
...ELE NÃO **PARAVA** DE ME BATER...
...AÍ O MASON CHEGOU E ELE **FUGIU...**
...ELE NOS **TRAIU,** NÃO FOI?
ELE **TRAIU** A FAMÍLIA.
ESTOU COM MEDO DE ELE **VOLTAR,** FOREVER.
TENHO MEDO QUE ELE ME MACHUQUE DE NOVO.
NÃO, JO. NÃO.
EU NÃO VOU DEIXAR.

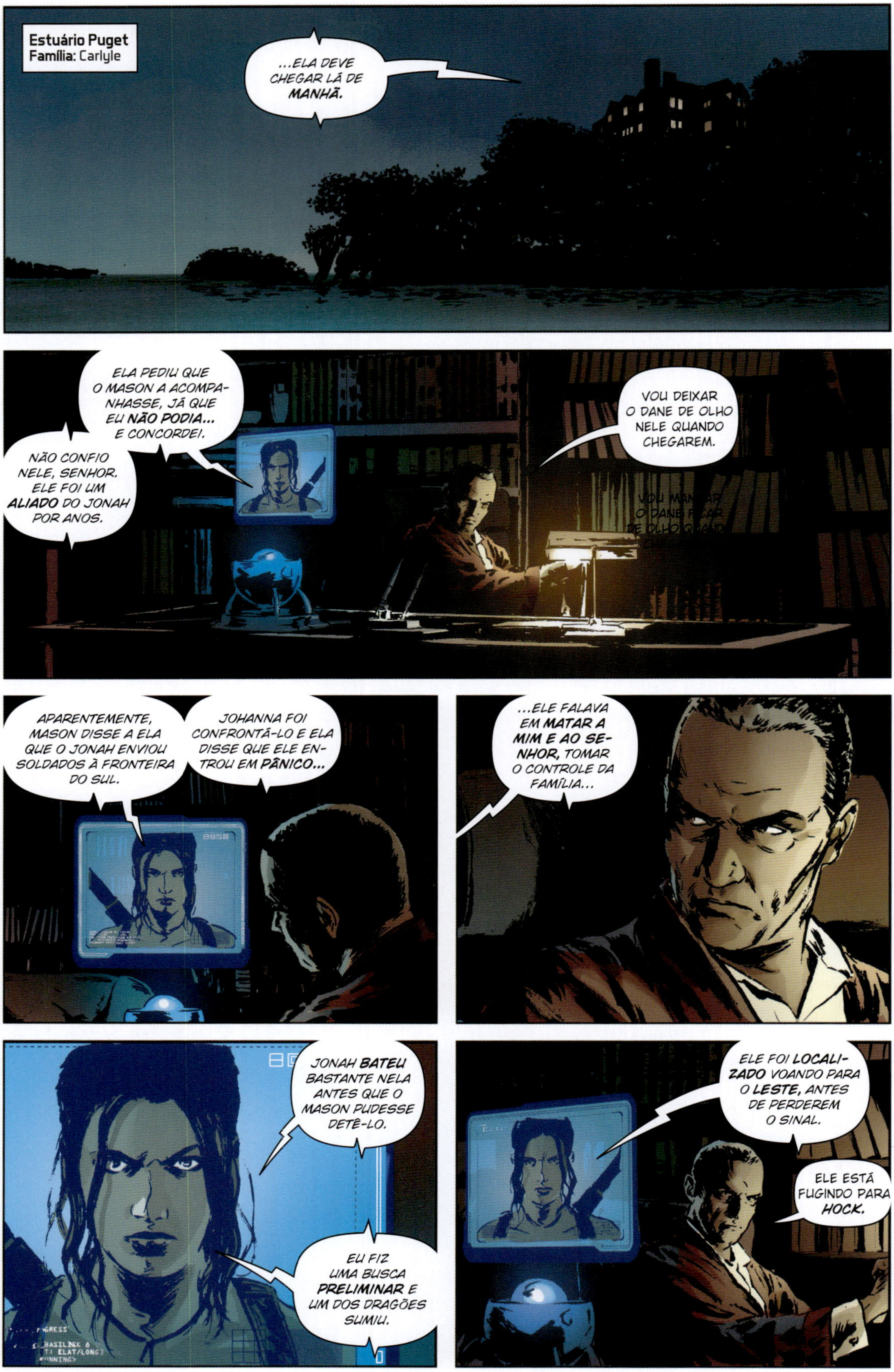
Estuário Puget
Família: Carlyle
...ELA DEVE CHEGAR LÁ DE MANHÃ.
ELA PEDIU QUE O MASON A ACOMPANHASSE, JÁ QUE EU NÃO PODIA... E CONCORDEI.
NÃO CONFIO NELE, SENHOR. ELE FOI UM ALIADO DO JONAH POR ANOS.
VOU DEIXAR O DANE DE OLHO NELE QUANDO CHEGAREM.
APARENTEMENTE, MASON DISSE A ELA QUE O JONAH ENVIOU SOLDADOS À FRONTEIRA DO SUL.
JOHANNA FOI CONFRONTÁ-LO E ELA DISSE QUE ELE ENTROU EM PÂNICO...
...ELE FALAVA EM MATAR A MIM E AO SENHOR, TOMAR O CONTROLE DA FAMÍLIA...
JONAH BATEU BASTANTE NELA ANTES QUE O MASON PUDESSE DETÊ-LO.
EU FIZ UMA BUSCA PRELIMINAR E UM DOS DRAGÕES SUMIU.
ELE FOI LOCALIZADO VOANDO PARA O LESTE, ANTES DE PERDEREM O SINAL.
ELE ESTÁ FUGINDO PARA HOCK.

DEVO PERSE-GUI-LO?
NÃO NO MOMENTO.
ENTREI EM CONTATO COM EDGAR MORRAY.
VOCÊ AGIU BEM. ESTOU ORGULHOSO DE VOCÊ.
OBRIGADA, SENHOR.
AGORA QUERO QUE VOLTE PARA SEQUOIA. ESTAMOS ENTENDIDOS, MINHA JOVEM?
DESCANSE UM POUCO E PEÇA AO JAMES PARA FAZER UM EXAME COMPLETO EM VOCÊ PELA MANHÃ.
VOU PRECISAR QUE ESTEJA NA SUA MELHOR FORMA NOS PRÓXIMOS MESES, FOREVER.
SUA FAMÍLIA VAI PRECISAR DE VOCÊ.
SIM, SE-NHOR.
BOA NOITE, SENHOR.
TRANSMISSÃO ENCERRADA

Sul de Serra Nevada
Instalação: Posto Sequoia
Família: Carlyle
População [Família]: Dois
06:23
PARA: CARLYLE_FOREVER
DE: DESCONHECIDO (&%ERRO
ELE NÃO É SEU PAI
ESTA NÃO É A SUA FAMÍLIA.

Esta história curta de quatro páginas foi escrita como uma introdução ao mundo de *Lazarus* e para ilustrar a relação entre Forever e seu pai, Malcolm. Publicada pela primeira vez no *Previews* como parte da divulgação da primeira edição da série, ela foi posteriormente disponibilizada *on-line* no formato PDF. Esta foi a primeira ocasião em que Michael, Santi e Greg trabalharam juntos.

FAMÍLIA

PRELÚDIO

Estuário Puget
Família: Carlyle
População [Família]:
Dois (permanentes)
ELA VAI CHEGAR EM CASA LOGO?
SIM.
EU TENHO DOIS FILHOS E TRÊS FILHAS. E, DOS CINCO, SÓ UMA VALE ALGUMA COISA...
A QUE EU TIVE DE CONS-TRUIR.
OU MELHOR, A QUE EU MANDEI VOCÊ CONS-TRUIR PARA MIM.
"ACHO ISSO IRÔNICO."
VOCÊ ACHA ISSO IRÔNICO, JAMES?
HONES-TAMENTE, SR. CARLYLE? NÃO, NÃO ACHO...
"O SENHOR E A SUA ESPOSA CONCEBERAM QUATRO CRIANÇAS. FORAM QUATRO VEZES EM QUE JOGARAM OS DADOS DA GENÉTICA."
"O SENHOR ME PEDIU PARA FAZER UMA QUINTA E ME DISSE EXATAMENTE COMO QUERIA QUE ELA FOSSE..."

"...E COM A FOREVER, O SENHOR CONSEGUIU *EXATAMENTE* O QUE PEDIU."
"EM *TODOS* OS ASPECTOS."
SIM. SIM, EU *CONSEGUI*. E SIM, ELA É.
SENHOR, POSSO FAZER UMA PERGUNTA?
PODE, SIM, JAMES.
O SENHOR A *AMA*?
SIM.
COMO O *PAI* DELA, VOCÊ DIZ?
ELA É A *DEFENSORA* DESTA FAMÍLIA...

"...AS MINHAS TROPAS SÃO NOSSOS ESCUDOS CONTRA OS INIMIGOS, CONTRA AS OUTRAS FAMÍLIAS..."
"...MAS A FOREVER É A PONTA DA MINHA ESPADA..."
"...E COMO A MELHOR DAS LÂMINAS..."
"...ELA É LINDA..."
"...É LETAL..."
"...É PRECISA..."
"...E EU A ESTIMO POR TODAS ESSAS COISAS."
"MAS NÃO SE PODE AMAR UM OBJETO COMO SE AMA UMA PESSOA, JAMES."
"NÃO SE AMA UM ANIMAL DE ESTIMAÇÃO COMO SE AMA UMA CRIANÇA."

É ASSIM QUE EU A CONTROLO. ISSO BASTA.
ELA ACREDITA QUE EU A AMO COMO UM PAI. COMO QUALQUER FILHA, ELA ALMEJA ESSE AMOR.
ELA CHEGOU.
SAIA.
ESTÁ FEITO?
SIM, PAI. O FOGO QUEIMARÁ POR SEMANAS...
...COMO O SENHOR DESEJAVA.
BOA GAROTA.
É QUASE HORA DO JANTAR.
VOCÊ SABE COMO SUA MÃE ODEIA QUANDO NOS ATRASAMOS.
SIM, PAPAI.

CARLYLE

ODERINT DUM METUANT